Nebenrolle

Kurzgeschichte von Sven Lenz

Nebenrolle

Elisabeth setzte einen Fuß auf den Roten Teppich, griff nach ihrer Handtasche und stieg aus der Limousine. Ihre hohen Schuhe drohten auf dem regenfeuchten Grund wegzurutschen. Sie erkämpfte sich ihr Gleichgewicht, indem sie die Absätze in den Boden rammte.

Das war knapp.

Feine Tröpfchen nieselten vom Himmel herab.

Ein Wetter wie in Hamburg. Ich dachte, hier scheint immer die Sonne.

Sie streckte sich und sah einen Mann mit geöffnetem Schirm auf sich zu kommen.

„Welcome to the Dolby Theatre, Miss Schneider. You were great as Eva Braun, Miss Schneider. Fantastic!"

Lächeln.

„Juh ah tuh kaint."

Ein kleiner untersetzter Mann, nicht mehr jung.

Schütteres Haar, an den Schädel gegelt. Dafür beflissen und begeistert, dabei zu sein. Eine Rolle zu spielen bei der größten Show der Welt. Und wenn es nur die eines Statisten war. Ein Feuermal auf der Wange.

Hatte ich denn wirklich gedacht, dass hier nur schöne junge Menschen arbeiten?

„Have a wonderful evening, Miss Schneider!"

Jetzt kam sie nicht mehr drum herum. Sie schob die Zunge an die Zähne um diesen Laut produzieren. Wie Wind, der durch den Türspalt zieht.

„Ssenk juh."

„You're welcome!"

Lächeln.

Sie suchte nach einem passenden Gefühl und fand es in der Erinnerung an einen frühen Morgen mit Herbert. Noch nicht lange her. In dieser Hütte in Kärnten. Voll freudiger Erwartung auf einen schönen Tag, den sie zusammen verbringen würden. Allein in den Bergen. Und Schnee auf den Hängen.

Hier bin ich groß geworden, Herbert.

Unter dem Vordach begrüßte sie der Producer und bot ihr den Arm an.

Der kleine Mann mit dem Schirm ging zurück nach draußen in den Regen. Eilte zur nächsten Limousine. Verschwand aus dem Bild.

Der Producer grinste sie beinahe flehentlich an.

Was hat er denn? Alles in Ordnung?

Diese weißen Zähne. So ebenmäßig. So strahlend. Kein Ausweis von Gesundheit, sondern von Geld und Erfolg. Hatte doch auch mal als Schauspieler hier angefangen. Als Producer war er offensichtlich besser.

Sie hängte sich bei ihm ein und ließ sich über den Roten Teppich führen. Die Schuhe gestatteten nur kleine Schritte. Aber der Producer hatte es nicht eilig. Gemessen näherten sie sich der Wand von Journalisten, Fotografen und Kameraleuten. Und je näher sie kamen, desto häufiger blitzte es ihnen entgegen, umso lauter wurden die Rufe:

„Miss Schneider! To your right! Miss Schneider, please!"

Ihr Name verwandelte sich in Sonnenstrahlen und jedes Blitzlicht flitzte mit Trippelschrittchen die Wirbelsäule hinab. Sie speicherte den Augenblick und legte ihn in die passende Lade. Ihr Lächeln reichte jetzt von der höchst gesteckten Strähne ihrer Haare bis in den Lack auf ihrem linken kleinen Zeh.

Der Producer zog sie an sich und grüßte winkend in das Stroboskop.

Sie standen schräg vor dem goldenen Mann und Elisabeth konnte die Perspektive der Kameras einnehmen. Sie sah sich in den Zeitungen, den Magazinen, den TV-Beiträgen abgebildet. Sie modellierte das Bild, das Abbild ihrer selbst bis sie es selber war.

Siehst du mich, Herbert? Wo bist du gerade? In Hamburg, im Hotel? Und du Lene? Bist du zuhause in Malente?

Der Producer war kleiner als sie und das lag nicht nur an ihren hohen Schuhen. Aber er sah gut aus in seinem schwarzen Smoking. Hatte auch abgenommen. Die Haare leicht getönt. Er würde auf den Bildern einen mehr als passablen Begleiter abgeben.

Und im Hintergrund immer mit dabei: Der goldene Mann. Groß. Gewaltig. Übermächtig.

Warum schaut der bloß so böse, der goldene Mann? Und wozu braucht er das riesige Schwert? Wen will er damit erschlagen?

Ihr Englisch war bescheiden, aber sie war seit mehr als zwanzig Jahren Profi. Ihre Rolle hier war klar: Österreichische Schauspielerin, nominiert für einen Preis in einer Nebenrolle. Award for best Supporting Actress. Outstanding performance in a supporting role.

Als ob es das gäbe. Supporting role. Nebenrolle.
Blödsinn. Es gab nur Rollen. Zugegeben kleinere und größere. Aber Rolle war Rolle. Und aus der Rolle musste eine Figur werden. Echter noch als echtes Leben. Egal, wie groß oder klein. Sie musste sich in das Gesamtbild einfügen und darin gleichzeitig bemerkenswert sein.

Seht mich an!

Hochgesteckte Haare. Kleine Perlen in den Ohrläppchen. Ein Jackett über dem Kleid. Schlichte Eleganz war ihr Thema. Ein Hauch von Tiefe und Bescheidenheit. Sie konkurrierte nicht mit den jungen Dingern um: Wer ist die Schönste hier im Land? Hier ging es um: Wer ist die beste supporting actress in diesem Jahr. Sie konkurrierte mit der besten Schauspielerin der Welt!

Sie und ich und der goldene Mann mit dem Schwert.

Das war das Unglaubliche. Das Aufregende. Und letztlich der Grund, weshalb sie doch hergekommen war. Um ihr zu begegnen. Auf Augenhöhe.

Nicht dass man der besten Schauspielerin der Welt wirklich auf Augenhöhe begegnen konnte. Ihr, die doch schon etliche Mal nominiert gewesen war. Ihr, die doch schon drei der Preise mitgenommen hatte. Unendlich viele andere Trophäen auch. Und das zu Recht. Mehr als verdient. Sie würden sich begegnen. Heute nach der Show. Auf der Party. Oder drinnen. Im Saal.

Der Gedanke verpuppte sich, ließ sich verschlucken und rutschte ihren schmalen Hals hinunter. Kroch durch die Brust bis in den Unterleib. Er suchte sich ein Eckchen im Hohlraum der Figur, die Elisabeth geschaffen hatte aus sich selbst. Und brütete sich dort aus zu einer flatterhaften Unruhe, die die Tunnelwände touchierte.

Elisabeth spannte ihren Bauch dagegen an. Nach innen.

Das ist der Jetlag. Das ist nur die Müdigkeit.

Weil sie die Dreharbeiten nicht unterbrechen wollte. Weil sie das Team nicht im Stich lassen wollte. Weil sie eine verlässliche Arbeiterin war. Bis der Regisseur zu ihr sagte: Fahr hin, verdammt noch mal, es sind die wichtigsten Preise der Welt! Der Heilige Grund! Wir kommen auch ein paar Tage ohne Kommissarin Rebekka Turing aus.

Ich hab doch eh keine Chance. Nicht gegen die beste Schauspielerin der Welt.

Und wenn schon, hatte er gesagt. Allein die Kontakte, die du da machen kannst.

Na gut, aber nur für ein paar Tage.

Vorgestern Nacht hier angekommen. Morgen früh zurück. Dann konnte sie ab Dienstag wieder drehen. Vielleicht doch ein bisschen knapp bemessen. Alle anderen hier nahmen sich Tage oder gar Wochen Zeit dafür. Sich vorzubereiten. Sich einzukleiden. Abzunehmen. Wie der Producer.

Danke.

Sie drückte sich ein bisschen an ihn. Dass er sich um alles gekümmert hatte. Dass er sie begleitete. Dass er ihr die Fragen vom Leib hielt. Die sie nicht immer richtig verstand. Die sie nicht ordentlich beantworten konnte. Der Producer war so einer, so ein guter Kontakt. Er würde sie jetzt sicherlich in jedem seiner Filme besetzen.

Äword Nommennie Elisabeth Schneider.

Hier wollten sie doch alle hin. Heiliger Grund. Der Wuppertaler hatte ja auch einen Film hier gemacht. Der Blonde hats versucht. Die Berlinerin. Und so viele andere. Gescheitert. Der Wiener natürlich. Zweimal gleich. Beide für Nebenrollen. Die Hauptrollen an die Wand gespielt. Ob er hier war, irgendwo? Der Wiener war ein so lieber Mensch. Und so lässig.

Und der Steirer natürlich. Der hatte Österreich auf die Landkarte des Heiligen Grunds gesetzt. Der Steirer und der Wiener. Die haben es geschafft. Es war also möglich.

Wiener, bist du hier irgendwo?

Ohne Englisch ging es nicht. Natürlich nicht. Und ihres war sehr schlecht. Weil sie nach der neunten Klasse von der Schule abgegangen war. Wegen Lene. Irgendwer musste sich ja kümmern.

Ob sie es noch lernen konnte? Allein dieses furchtbare Tie Äitsch. Dass ihre Zunge das nicht wollte. Wo sie sonst jeden Dialekt imitieren konnte, als hätte sie ihn mit der Muttermilch aufgesogen.

Da kamen andere den Teppich entlang. Auf sie und den Producer zu. Die schönste Frau der Welt in einem grünen Kleid.

Oh mein Gott. Sie ist wirklich eine Schönheit!

Das Stroboskop drehte leicht nach links. Der schönsten Frau entgegen. Elisabeth dirigierte den Producer sanft nach rechts. Sie hatten ihre 15 Sekunden gehabt. Akzeptieren.
Weiter gehen.

Die schönste Frau der Welt nahm Elisabeths Platz ein, schräg vor dem goldenen Mann und seinem Schwert. Der Producer und Elisabeth machten sich auf den Weg in den Tempel.

Wo die Gnade der Götter nur ihrem Fluch ebenbürtig ist. Woher ist das noch?

Hinein gehen die Helden der Welt, heraus kommt eine kleine Phalanx Gesalbter und dann die große Herde der Verlierer.

Und die einen stehn im Dunkeln/ und die andern stehn im Licht/ und man siehet die im Lichte/ die im Dunkeln sieht man nicht.

Der Producer manövrierte sie durch die Menge. So viele Gesichter. Bekannte Gesichter. Nicht zu jedem hatte sie einen Namen parat.

Herbert hätte sie alle gekannt und was sie wann und wo gespielt hatten. Herbert sah sich alle Filme und Serien an. Vor allem Serien. Würde auch gern in einer mitspielen. Am liebsten in dieser einen, mit der die Türkin ihre Karriere voran gebracht hatte. Ob er gerne mitgekommen wäre?

Oh, Herbert, aber das geht nicht, das verstehst du doch, oder?

Er sprach sehr gut Englisch. Es wäre ihm leicht gefallen hier. Und er würde im Smoking bestimmt großartig aussehen.

Der Producer lachte nach rechts und kommentierte mit einem Zwinkern nach links. Sätze schmolzen zu einzelnen Worten zusammen und verflüssigten sich in vage Geräusche, die gleich Wellen an

Elisabeths Ohr brachen und in den Raum zurückflossen, ohne auch nur die Anmutung einer Bedeutung hinterlassen zu haben.

Und je tiefer der Producer sie in die tosende See aus Smalltalk zog, desto mehr klammerte sie sich an ihn, fürchtete vom Sog fortgerissen zu werden und die Orientierung zu verlieren.

Zuhause war es soviel einfacher. Film- und Fernsehpreise, Galas, was auch immer. Spät kommen, früh gehen und zwischendurch mit den richtigen Leuten die richtigen drei Sätze sprechen. Einer davon begann stets mit einem Danke. Und damit begannen hier schon die Schwierigkeiten. Ai äm so greetfull. Juh ah tuh kaint.

Eine große schwarze Frau mit einem Mikrofon in der Hand glitt durch die Wogen, einen Kameramann an einer unsichtbaren Leine hinter sich herziehend.

Die Motte in Elisabeths Bauch schlug kräftiger. Die Flügel schabten die Tunnelwände wund, bis in den Rachen hinauf. Elisabeth erhöhte den Druck nach innen, damit ihr Äußeres frei und leicht bleiben konnte.

„Pliess nott", flüsterte sie dem Producer zu.

Die Frau hatte ihren ohnehin langen schlanken Leib auf hohe Absätze gestellt und überragte so jeden hier in der Halle. So nah, wie sie vor ihnen stand, zwang sie Elisabeth und den Producer, die Köpfe in den Nacken zu legen.

Was war die Frage?

Der Producer übernahm und Elisabeth wusste, dass sie einen Schritt zurück machen musste, weil die Kamera ihr sonst in die Nasenlöcher lugte. Sie stieß an einen Körper. Eine Schrecksekunde, die sich fortpflanzte, sich in einem Gesicht manifestierte und von einer Fratze der Empörung in eine hellweiße Zahnreihe verwandelte, als die Person in das Licht der Kamera sah.

Jung, blond, tiefer Ausschnitt. Nahm Anlauf, in die Linse zu springen. Elisabeth zog den Producer an sich und stellte sie so in den Schatten.

Schleich di', Luder!

Was hat die schwarze Frau gefragt?

„Its greet tu bie hier. Greet Onner."

„Good luck to you, Miss Schneider."

Und da rutschte es heraus:

„Ssenk juh."

Konzentrier dich, Mensch!

Tochter und Mutter einer Show-Familie hexten Kameralicht und Mikrofon zu sich hinüber.

Oh mein Gott, wie sieht die denn aus. Niemals Schönheitsoperationen. Niemals! Ich werde in Würde altern.

„Känn vie go inn ännt sitt?"

„Just a second, dear."

Der Producer bewegte sich nur zögerlich auf die Treppe zu. Elisabeth begriff, dass für ihn das Vorher und Nachher wichtiger war als die Show selbst. Drinnen würde er eben nicht mit Leuten sprechen können. Verabredungen treffen. Informationen sammeln. Sein Gesicht zeigen. Dabei sein.

Dann aber war all seine Freundlichkeit ihr gegenüber, seine Fürsorge und Begleitung kein Ausdruck von Hilfsbereitschaft. Er brauchte sie, um auf diesem Roten Teppich zu glänzen. Ihre Nominierung veredelte den Film, erhöhte ihn selbst als Produzenten und rückte ihn somit in das Licht, das alle hier umschwärmten.

Er sollte ihr dankbar sein. Nicht umgekehrt.

„Kammonn."

Sie schritten die Treppe in gebotener Anmut hinauf und gelangten in den Saal. Der Producer führte sie zu ihrem Platz, weit vorne, wo die Nominierten saßen. Und da waren sie auch schon. Die Nominierten.

Die eine sagte etwas zu ihr, das sie nicht verstand. Elisabeth lächelte und zuckte mit dem Kopf zur Seite, als hätte gleichzeitig jemand anders mit ihr gesprochen. Die andere sah auf und grüßte mit einem kleinen Wink. Die Elegante war noch nicht da. Die Hübsche nickte ihr zu, Elisabeth nickte zurück.

Und dann war da die beste Schauspielerin der Welt. Ihre Augen bildeten das Zentrum des Saales. Ihr Blick schlug eine Schneise durch das Volk. Sie hatte das Haar hochgesteckt und blond. So wie Elisabeth. Sie trug Jackett und wenig Schmuck. So wie Elisabeth. Ihr Zwinkern warf ein Seil zu ihr herüber. Du und ich. Wir beide.

Die Motte drinnen wuchs sich zu einer Fledermaus aus.

Sie kreischte ihren unhörbaren Ton in das Dunkel von Elisabeths Innenleben. Die spitzen kleinen Vampirzähnchen stießen in ihre Gedärme und das war nicht die Müdigkeit, der Jetlag oder das Geplapper rings umher. Es war die kleine Liesl Oatzinger, die heraus wollte aus ihrem Gefängnis. Die vor Aufregung kotzen wollte und zusammenbrechen.

Schleich di, Tschapperl, bleds! Schleich di, schleich di, schleich di!

Elisabeth packte die kleine Liesl an der Hand und führte sie in den hintersten Winkel, schob sie in die Dunkelheit und sperrte die Tür zu. Aus den Augen, aus dem Sinn.

Das war schließlich ihr Job. Kontrolle. Kontrolle über den Körper. Kontrolle über den Geist. Über die Gefühle. Vor allem über die Gefühle. Die körperlichen und die seelischen Bewegungen gestalten. Das war nämlich das Gleiche. Das verstanden viele nicht. Die meisten. Den direkten Zusammenhang. Man musste es fühlen, um es spielen zu können. Man musste es spielen, um es fühlen zu können. Kaum einer von den Kollegen und Kolleginnen beherrschte das. Auch niemand von den sehr bekannten Gesichtern hier. Den meisten sah man bloß bei der Arbeit zu.

Nicht so die beste Schauspielerin der Welt. Sie war die große Ausnahme.

Elisabeth lächelte zurück. Hielt den Blick, bis sie nickte und sich in Richtung einer Kamera drehte, die über ihrem Kopf vorbeiflog. Sie waren überall. Augen ohne Ausdruck. Pure Pupillen. Gierig auf der Suche nach dem nächsten Bild. Begegnung mit dem Blick der Abermillionen dahinter. Mit ihrer Neugier. Mit ihrer Schaulust. Mit ihren Fragen. Welches Kleid und wer mit wem.

Hätte sie Herbert mitnehmen sollen? Die Beziehung öffentlich machen? Ein Statement abgeben? Dass sie einen jüngeren Mann liebte? Hier hatten Frauen, die älter waren als sie selbst, Geliebte, die noch jünger waren als er. Hier war es möglich, mehr noch, es war just in Mode.

Ich bin aber nicht von hier.

Ein kaltes Auge starrte sie an. Der Producer machte einen Scherz oder er spielte, dass er einen machte. Elisabeth giggelte hinter vorgehaltener Hand und schüttelte dann lächelnd den Kopf.

Eine kleine Szene für die Kamera. Geheimnis ohne Gehalt.

Nein, das gab ihre Rolle nicht her. Ihr Privates blieb privat. Ihr Ruf verlangte Seriosität, Bescheidenheit und Professionalität. Sie kam mit dem Produzenten ihres Films hierher. Nicht mit ihrem Liebhaber.

Bertl, mein Bertl, ich hab solche Sehnsucht nach dir.

Und dann spielte die Musik. Liesl schlug die kleinen Fäustlein an die Kerkertür. Elisabeth zog einen dicken Vorhang aus schwarzem Samt zu, und das Wummern wurde vages Pochen, verwehte hinter der Musik.

Ein Sitcom-Star sang und tanzte sich durch eine Musical-Nummer über das Kino. Elisabeth verstand nur Bruchstücke, aber die Bilder sprachen für sich.

War nicht auch die beste Schauspielerin der Welt für einen Musical-Film nominiert? War das ein Zeichen?

Eine junge sehr dunkelhäutige Frau betrat die Bühne. Sie hatte letztes Jahr best supporting actress gewonnen.

„And the actor goes to...“

Gelächter.

Soviel Text sollte man sich schon merken können, Kleines.

Ein unglaubliches Gewusel und Gerenne während der Werbeblöcke. Elisabeth zog sich so weit wie möglich in sich selbst zurück, während der Producer jede Gelegenheit nutzte, hier und da zu plaudern.

Der Preis für Kostümbild war dran. Elisabeth spürte, wie der Producer sich spannte. Das war eine der vier Nominierungen für seinen Film.

Der Hotel-Film.

Der Producer lächelte falsch und applaudierte der Dame auf der Bühne. Elisabeth verstand, wie wichtig auch ein kleiner Preis für einen Produzenten war. Vielleicht bekam ihn der Film ja für die Tonmischung. Oder die Spezialeffekte. Hatte sie selbst denn überhaupt eine realistische Chance? Gegen die beste Schauspielerin der Welt?

Der beste fremdsprachige Film kam aus dem Osten, in Schwarzweiß gedreht und von großer Kraft und Tiefe.

Elisabeth hatte ihn zusammen mit Herbert gesehen. Im Herbst in Hamburg. Zu gern hätte sie eine solche Figur gespielt.

Stattdessen kam sie als Verkörperung von Eva Braun. Man war ja hier besessen von Nazi-Filmen. Der Wiener hatte seinen ersten Oscar auch für einen Nazifilm bekommen. War das ein gutes Omen oder eher das Gegenteil?

Der Holländer war nicht nominiert. Das war eigentlich eine Schande. Er war ein wirklich guter Schauspieler. Klar, sie hatten ihn nur besetzt, weil er schon früher einmal ein Kommissar in einem Nazi-Film gewesen war. Und natürlich der berühmteste Androide aller Zeiten. Es gab Menschen, die sich eine Karte kaufen würden, nur um ihn mal wieder zu sehen. In einem Science-Fiction-Nazi-Film.

Elisabeth wusste, dass man auch sie nur besetzt hatte, weil sie zuhause einen großen Namen hatte. Damit verkaufte man den Film auf dem zweitgrößten Markt der Welt einfach besser. Und sie hatten auch in Babelsberg gedreht, weil es eine Menge „stupid money" gab, das man dort abgraben konnte.

Das Drehbuch war allerdings gar nicht so schlecht gewesen. Nazis gewinnen Krieg mit Wunderwaffe Teleportationsportal. Erobern die Welt mit Atombomben. Atomare Apokalypse. Linientreuer Ingenieur entdeckt, Portal kann auch Zeitreise. Geht nach 1944, um Bombenbau zu verhindern. Stellt fest, seine Reise macht Wunderwaffe erst möglich. Muss sich entscheiden, diese Welt zu retten oder seine.

Dem Autor war es mehr um die großen Fragen gegangen. Schuld, Pflicht, Moral, Verantwortung, Bestimmung, Schicksal.

Der Regisseur war für starke Bilder bekannt. Aber der Film gehörte hier nicht dem Regisseur, sondern dem Produzenten, und der hatte Spezialeffekte und Verfolgungsjagden eingefordert.

„A Time of Blood and Honor" hatte seine Millionen wieder eingespielt. Das schon. Und ein paar bemerkenswerte Momente waren geblieben. Ihre Szene mit dem Holländer zum Beispiel. Als sie sich gegenseitig darin bestärken, dass die Welt ohne das deutsche Reich nicht lebenswert wäre. Die Zweifel an der eigenen Überzeugung danach. Im Führerbunker mit den Generälen. Wie sie den Holländer ansieht. Und ihm damit klarmacht: Nein, tu es nicht. Der Oscar Shot. Ihre Nominierung.

Jetzt kann Kommissarin Rebekka Turing endlich sterben. Dann nur noch richtig gute Filme.

Ein paar Tänzer hüpften hysterisch zu einem infantilen Lied auf der Bühne herum. Dann produzierte der nächste Werbeblock das dazugehörige Gewimmel im Saal.

Ein Mann sang eine sentimentale Nummer mit dem Titel „Not Gonna Miss You". Elisabeth fand den Cowboyhut zum Smoking unpassend, aber als sie plötzlich begriff, dass es um Demenz und Abschied von der Geliebten ging, rührten die Harmonien etwas in ihr an, und sie konnte sich der kleinen Träne nicht erwehren, die sich in den Augenwinkel schob.

Keine Kamera in der Nähe. Sie memorierte den Moment und steckte ihn weg.

Der Sitcom-Star trat im Schlüpfer auf. Ja, das war ein Verweis auf einen der nominierten Filme. Aber es war auch vulgär. Oder vielleicht nur eitel. Aber lustig?

Kein Preis für den Produzenten, auch für Tonmischung nicht.

Und dann kam so einen Möchtegern-Jesus in hellblauem Smoking auf die Bühne. Best actress in a supporting role. Elisabeth atmete ruhig aus. Ließ ihren Körper in Gleichmut schweben. Jesus machte einen Witz über die beste Schauspielerin der Welt, den Elisabeth nicht ganz verstand. Aber was erdreistete der sich? Sie sah zu ihr rüber. Die beste Schauspielerin der Welt lachte.

Sie ist so gut.

Die Filmausschnitte kamen.

Jetzt geht's los.

Die eine, doch, die kann was, keine Frage.

Die andere. Die auch.

Die Elegante. War sie zu kritisch gewesen?

Die Hübsche. Sehr amerikanisch. Ja. Aber wirkungsvoll.

Ihr eigener Ausschnitt. Mit dem Holländer. Gut gewählt. Sie kam gut weg dabei. Aber war das nun bedeutend besser als die anderen? Gesicht machen. Das richtige Gesicht machen. Die offenen Pupillen flogen vorbei. Spannung. Freudige Erwartung. Nichts

Biestiges.

Und dann kam die beste Schauspielerin als singende Hexe. Nun ja. Man müsste erst mal den ganzen Film sehen, um das beurteilen zu können. Immerhin, sie konnte singen, daran bestand kein Zweifel.

Und dann der Schlag auf ihren Oberschenkel. Schmerzhaft. Dass ihr das Lächeln aus dem Gesicht rutscht. Was soll das? Der Produzent. Diese Fratze. Greift ihr mit beiden Händen an den Kopf. Zieht sie heran. Drückt ihr einen feuchten Kuss auf die Wange. Und dann erst kommt der Rest hinterher, als hätte der Ton einen Umweg genommen auf dem Weg von der Ohrmuschel zum Gehirn:

„...goes to Elisabeth Schneider, A Time of Blood and Honor!"

Das wird einen blauen Fleck geben.

Es tut wirklich weh. Der Produzent starrt sie an. Seine aufgerissene Augen. Tanzen da schon Dollarzeichen drin? Oder freut er sich wirklich für sie? Oder ist das nicht völlig egal gerade? Nur nicht aus der Rolle fallen jetzt.

Aufstehen! Ich muss aufstehen. Zur Bühne gehen.

Das Kleid war knielang. Kein blauer Fleck sichtbar.

Ruhig bleiben. Vor allen Dingen ruhig bleiben. Was stand im Script? Zur Bühne gehen. Langsam, aber zielstrebig. Und ungläubiges Lächeln. Eine bescheidene kleine Verwirrtheit, die sagte, dass sie damit nicht wirklich gerechnet hatte. Das war ihre Rolle. So kannte man Elisabeth Schneider hier. Das unschuldige Mädchen Eva Braun, das sich in den Führer verliebt hatte. Die junge Frau, die nicht recht wusste, was sie tat. Die erwachsene Frau, die über sich selbst hinauswuchs. Die dabei half, die Welt zu retten.

So würde sie den Gang zur Bühne gestalten. Als ein Erwachen, ein Wachsen, einen Erkenntnisfortschritt. Es war eine Szene. Eine Szene war, wenn die Welt am Ende eine andere war als am Anfang. Unumkehrbar. Es war ihre Aufgabe, das sichtbar zu machen. Die Kameras waren auf sie gerichtet. Sie hatte eine Minute. Höchstens. Vom erstaunten Lächeln hin zur ehrlichen Freude.

Der alberne Jesus-Verschnitt reichte ihr den goldenen Mann. Er wog schwer in den Händen. Sie fasste zu. Fest. Gut so. Damit war die Gefahr von zitternden Fingern gebannt. Aber nicht krampfen. Vor den Bauch halten. Gerade stehen bleiben. Nicht zum Mikro hinunterbeugen.

Natürlich hatte sie geübt. Selbstverständlich. Alles andere wäre schlichtweg unprofessionell gewesen. Selbst wenn sie sich nur eine Außenseiterchance zugebilligt hatte. Aber hier war jeder darauf vorbereitet, den Jackpot zu gewinnen.

Also hatte sie Text gelernt. Intensiver und härter als je zuvor. Herbert hatte ihr geholfen. Der sprach ja sehr gut Englisch. Hatte schon zu Schulzeiten ein Jahr in Amerika verbracht. Und hatte seine Schauspielkarriere von Anfang an international gedacht. Er war ja auch gut. Er würde das packen. Und er war noch jung genug.

Bertl, mein Bertl, wenn Du jetzt nur bei mir sein könntest.

Der Akademie danken, dem Team, dem Producer natürlich. Ai äm so greetful. Part of ä greet prodschekt. Wanderfull Prodaktschn. Genau getimet, die Rede. Nichts über die Konkurrentinnen. Nichts über die beste Schauspielerin der Welt.

Ich habe sie ausgestochen.

Ruhig bleiben. Die Sätze sagen. Es ist eine Dankesrede. Sie kommt nicht um ein Danke herum. Und dazu den Moment von vorhin auspacken. Die kleine Träne aus „Not Gonna Miss You". Würde keiner im Publikum sehen. Die Kamera schon. Die Weltöffentlichkeit.

Teek sätt, best äktress off se wörld!

„Ssenk juh! Juh ah tuh kaint. Ssenk juh värrie matsch." Schon wieder abgerutscht. Verdammte Zunge. Und jetzt?

Noch einen Nachsatz? Ein „I love you Bertl" in die jetzt sanft anbrandende Musik werfen?

Nein. Nur noch den goldenen Mann einmal anheben, zeigen, kurz verbeugen. Dann ab.

Jemand nahm sie am Ellenbogen, führte sie hinaus, einen Gang entlang, eine Treppe hinauf. Jetzt rauschte das Blut in den Kopf. Machte alles wattedicht. Der Blick verschwamm. Ein leichter Schwindel ließ sie auf Luftmatratzen laufen.

Ein Vorhang öffnete sich. Blitzlichter. Rufe. Rote Lichter von Kameras. Ein Bild werden. Posieren. Der goldene Mann und Elisabeth. Ein freudestrahlendes Lächeln. Kein Triumphgeheul. Niemals. Nur ehrliche bescheidene Freude. Elisabeth und der goldene Mann.

Seht mich an!

Fragen, die sie nicht verstand. Sätze, die sie absonderte. Die gleichen wie vorher. Greetful. Onner. Häppie.

Zu der Frau, die sie hierher begleitet hatte, flüsternd: „Plieess. Ai niet tu."

Die hatte verstanden, sich eingehakt und sie hierher gelotst. Oh ja, es gab etwas, das noch besser war als Aufmerksamkeit. Nämlich in Ruhe gelassen zu werden. Nur für einen Moment. Raus aus den Millionen Wohnzimmern der Welt. hinein in diese kleine unscheinbare Kabine.

Sie setzte sich vorsichtig auf den Deckel, zog das Kleid hoch und konnte schon den Fleck sehen, der sich auf dem Oberschenkel bildete.

Was für ein Andenken.

Dann zog sie das Kleid straff, damit es nicht knitterte und legte sich den goldenen Mann in den Schoß.

Du lieber kleiner goldener Mann. Jetzt hast du mich zu Eva Braun gemacht.

Sie war gern Kommissarin Rebekka Turing gewesen, diese hochintelligente, analytisch denkende Frau mit der bis zur Eiseskälte gestörten Emotionalität. Zwölf Jahre lang hatte sie die Figur weiter entwickelt, der scheinbaren Mitleidlosigkeit subtile Facetten von Herzlichkeit entgegengesetzt und dabei komplexe Mordfälle gelöst.

Die Rolle hatte sie berühmt gemacht. Und sie hatte viel Geld damit verdient. Das Haus in Malente, die Unterstützung für Lene. Und nicht zuletzt hatte sie auf einem Dreh Herbert kennengelernt.

Herbert, mein Herbert. Wenn Du mich jetzt sehen könntest. Deine Lisa auf dem Klo mit einem goldenen Mann im Schoß.

Aber die Drehbücher waren schlechter geworden. Abstruser. Unglaubwürdig. Es war Zeit, dass Rebekka Turing ging. Am besten würde sie von Maschinengewehren zerfetzt werden. Rebekka mit ihrem Hygienefimmel. Und dann all das Blut und die Zerstörung. Das wäre eine feine ironische Wendung am Ende.

Danach nur noch gute Filme. Mit guten Regisseuren. So viele gabs davon ja nicht zuhause. Der Wuppertaler vor allen anderen.

Und der Alte natürlich. Vielleicht doch noch besser Englisch lernen und auch hier im Heiligen Grund arbeiten. Herbert könnte dabei helfen.

Herbert. Ihn mal herzeigen. Es offiziell machen. War doch nichts dabei heutzutage. Aber erst mal Lene vorstellen vielleicht. Ja, sie ist meine Tochter. Lene war auch 28. Wie Herbert.

Wenn schon.

Reiß dich zusammen, der Abend ist noch nicht vorbei. Wo ist eigentlich meine Handtasche? Auf dem Sessel im Saal. Wird schon nicht wegkommen.

Sie streckte sich, atmete tief ein und drückte die Spülung. Dann verließ sie die Kabine.

Oh. Was?

Vor einem der Spiegel stand die beste Schauspielerin der Welt und zog sich den Lidstrich nach.

Vor Schreck hätte Elisabeth beinahe den goldenen Mann fallen gelassen.

Sie und ich allein auf der Toilette in diesen Hallen? Und ich mit dem goldenen Mann und sie nicht.

Tatsächlich wurden ihre Knie weich. Wie sollte sie sie ansprechen?

„Hello."

„Hi", machte die beste Schauspielerin der Welt und puderte sich die Wangen.

Elisabeth stellte den kleinen goldenen Mann vor den Spiegel und ließ Wasser über ihre Fingerspitzen fließen. Dahinter füllte sich der Raum mit Leere.

Was sag ich nur?

„Juh ah ollwäis mai..."

Was hieß denn Vorbild auf Englisch?

„Ai mien, juh ah se best äktress in se wörld. Ai ollwäis wontet tu bie laik juh."

Die beste Schauspielerin der Welt klappte ihre Puderdose zu und verstaute sie in ihrem Handtäschchen. Dann sah sie Elisabeth mit hochgezogenen Augenbrauen an und sagte:

„Ssenk juh! Juh ah tuh kaint. Ssenk juh värrie matsch."

Und ihre Lippen verformten sich zu einem Grienen und ihre Schultern zogen sich zu einer kleinen Verbeugung zusammen. Sie hob ihre kleine Handtasche und zeigte sie vor.

Das bin. Ich.

Das war Elisabeth Schneider, was die beste Schauspielerin der Welt dort vorführte. Elisabeth Schneider bei der Dankesrede für den Preis als beste Darstellerin in einer Nebenrolle.

Das war keine plumpe Parodie. Es war ganz echt. Ganz natürlich. Und so perfekt wie alles, was die beste Schauspielerin der Welt spielte.

Das bin. Ich?

Elisabeth sah ihr fassungslos zu und spürte, wie der Boden unter ihr riss. Sie stolperte einen Schritt zurück, um nicht in den Abgrund zu stürzen. Die Fledermaus in ihrem Inneren explodierte in einen Drachen aus Feuer, der alles um sich herum versengte. Er brannte Elisabeth zu einem Häuflein Asche, verlosch dann zischend und ließ Liesl Oatzinger zurück.

Die beste Schauspielerin der Welt lächelte:

„Just kidding, dear. Congratulations. You deserved this. Best Eva Braun ever.“

Nur ein kleiner Scherz unter Kolleginnen?

„Enjoy your evening. See you around.“

Die beste Schauspielerin der Welt drehte sich um und verließ den Raum mit einem Zwinkern.

Lisl Oatzinger stand zitternd in der Welt. Sie wusste nicht wo sie war. Aber sie wollte weg. Nur weg.

Der kleine goldene Mann aber sah sie an. Er zog sein Schwert aus ihrem wunden Punkt und stützte sich mit beiden Händen drauf. Er lächelte.

Das bin. Ich.

Elisabeth erneuerte sich aus der Asche, nahm Lisl schützend in die Arme und schob sie dann ins hintere Zimmer.

Sie starrte den goldenen Mann an und flüsterte ihm ins Ohr:

„Damit eines klar ist zwischen uns: Ich habe dich gewonnen, nicht du mich.“

Der goldene Mann antwortete nicht. Aber er lächelte auch nicht mehr.

Elisabeth betrachtete ihr Gesicht im Spiegel und atmete einmal tief ein und aus. Dann streckte sie sich, griff nach der Klinke und verließ den Raum.

Okee, se schoh mast goh onn.